# 竹直花红

刘全伟 著

江苏凤凰文艺出版社
JIANGSU PHOENIX LITERATURE AND ART PUBLISHING, LTD

图书在版编目（CIP）数据

竹直花红 / 刘全伟著. — 南京：江苏凤凰文艺出版社，2019.1（2023.7重印）
ISBN 978-7-5594-3063-2

Ⅰ. ①竹… Ⅱ. ①刘… Ⅲ. ①诗集—中国—当代
Ⅳ. ①I227

中国版本图书馆 CIP 数据核字(2018)第 255342 号

| | |
|---|---|
| 书　　名 | 竹直花红 |
| 著　　者 | 刘全伟 |
| 责任编辑 | 梁雪波　黄孝阳 |
| 出版发行 | 江苏凤凰文艺出版社 |
| 出版社地址 | 南京市中央路 165 号，邮编：210009 |
| 出版社网址 | http://www.jswenyi.com |
| 印　　刷 | 三河市双升印务有限公司 |
| 开　　本 | 880×1230 毫米 1/32 |
| 印　　张 | 5.5 |
| 字　　数 | 88 千字 |
| 版　　次 | 2019 年 1 月第 1 版　2023 年 7 月第 2 次印刷 |
| 标准书号 | ISBN 978-7-5594-3063-2 |
| 定　　价 | 49.80 元 |

此生难得天地远，花到境界自然开。

谨以此书献给那些对宇宙和生命充满好奇和敬畏，

对生活和未来充满纯粹信念和勇敢担当的人。

心有一片太陽地
种山種水种乾坤

# 自 序

## 纯粹是一种力量

人们对物质的过度追求,以及对生存安全的极度焦虑,导致了我们所生活的空间和心灵的天空被严重的雾霾笼罩。天空的雾霾我们能够看得见,心灵的雾霾我们看不见但肯定能感觉到。意想不到的欺骗、贪婪、虐待、冷漠、暴凌、专横、隐瞒、贪腐事件一件接着一件,让本来就充满压力的心更为迷惑,我们到底怎么了?

很多人应该听过这样一个故事:一个牧师要儿子拼贴撕碎的世界地图,儿子只用几分钟就拼好了,牧师非常诧异地问:“儿子,你怎样拼出来的?”孩子回答说:“在另一面有一个人的照片。我就把这个人的照片拼到一起,然后把它翻了过来。我想,如果这个人是正确的,那么,世界地图就应该是正确的。”牧师幡然领悟:如果一个人是正确的,他的世界就会是正确的。

如果你是牧师,生活在这个浮躁的世界,你该如何面对孩子那充满智慧而又清澈明亮的眼睛？如何面对孩子内心对于未来生活天真无邪的期盼？面对这个无奈的现实，我们该做一个如何的自己，世界才可以变得正确？

诗，已经离我们很远，就像我们心灵所感应的天空，已经离清澈的湛蓝很远一样。

但诗还会回来吗？童年里那像潺潺溪水一般的快乐，无忧无虑的歌，透彻的天空和质朴诚实的土地，纯粹的发自生命深处的欢笑，还会回来吗？

为什么不呢？其实，这只是一个选择而已，勇敢地做一个选择，欲望是无边无际的黑洞，跑不过就停下来可以吧，然后盘点一下自己有什么。其实智慧会告诉你，你什么都不缺，缺的只是一份安定。因为不安定，才让这个世界上很多的人拼命地向外抓取，无穷无尽地索求，以至于忘记了生命真正需要的是什么，甚至为之破坏了生存的环境、丢掉了性命。

当纷飞的欲念渐渐停歇，人天生拥有的澄明心性显现出来，快乐、幸福、爱和善、真和美、镇定的力量和智慧就会自然发生，这是生命最最底层的密码，这个密码的本质就是：人类生命内心深处的转变，可以影响天地宇宙发生变化，而这个变化也会以能量的形式作用到更多的人和生命，让更多的人发生一致性的转变。只是很多人被欲望驱使而掩盖了天然心性的璀璨光芒。想想童年的时光，生命真正拥有的是什么？造物主给了每个人纯粹快乐的体验，却不是每个人都能够收到体验背后的人生礼物。

如果我们每个人都找回了自我，做对了“自己”，这个世界就会完全改变，呈现一种全新的精神。更是一个全新的宇宙世界，这即是我们自我的希望，是我们家庭的希望，也是民族和国家的希望，也是整个人类的希望所在。

诗歌是一种艺术，是唤醒生命感知体验的艺术，是唤醒心和灵魂的艺术，是连结人和自然并和谐相容的艺术。如果有一种感知体验是真实的，那这种真实也会具有普遍性，所以艺术可以让更多的人沉浸、触动。而且这种普遍性是超越时间和空间的。我们现在看《诗经》，看蒙娜丽莎，听贝多芬，听德沃夏克，看唐诗、宋词，看梵高，虽然距今已几百年甚至几千年，但画面、韵律和意境带给人的体验还是相似的，这就是文学艺术的魅力。

其实，无论我们的生活节奏有多快，用于生产活动的工具和技术有多么先进，生命深处所需要的灵魂滋养仍然是艺术和诗存在的价值，即使人类生活进入了人工智能时代，艺术对于生命仍然是不可或缺的，生活还是需要“诗与远方”。

就像宇宙中谜一样规则的运动，人的生命也是一个小宇宙，充满着惊人的能量，艺术的本质就是找到和生命宇宙运动频率的共振共鸣，让人身临其境，用照彻宇宙的光明，融合生命正能量，并化解因消极情绪导致的不健康的负向能量，唤醒、疗愈、融化、印证生命深处的善和爱，进入生命安详快乐的“艺术”境界。

竹直花红，充满青春活力，带着纯粹生命的意念，一个不断求索的心灵，置身于广袤浩瀚的宇宙，体验生命成长过程中快乐和痛苦的珍贵经历，记录生命感知、天地宇宙、四季变换、亲情感恩、砥砺成长的一个个场景画面，其所呈现的自由从容，积极率真、包涵坦诚，恰恰是在当前混沌物质世界中所缺少的一种自然清澈的态度和境界。

**闪电放慢千万倍，水灵灵绽开一朵白莲花**，这即是美丽的文字，同时也是一种寓意深远的意境呈现，这意境可以是心灵的一次感悟，也可以是一种爱和温暖被包围的体验；**宇宙在霞光清亮的音响中吐纳风云**，这里既有音乐，又有画面，还有大气磅礴的风云际会；信手翻开这本集子，您可以看到很多类似这样的诗句，**十月是一双温柔的手，往我的额头上放；冬天扭头回来，给春留首小诗；我独醒，掌着漫天星火，看守盗夜的精灵们；听桨声渐渐放慢，朋友我在这里**。活泼而灵动，大气并富有激情，简洁隽永的文字会带你进入一种久违的意境体验，只需要你静下心来，把时间交给自己，打开生命季节的竹直花红，带给你的不只是春天小溪的清新，更有海洋的博大和宇宙的浩瀚。

世界正在经历着重大的改变，藉着互联网技术和人工智能技术的广泛应用，这个变化从生命内在的智慧觉醒开始，这个改变从我们每个人的改变开始，这改变连着你和我，连着天地，连着日月星辰，连着地球上每一个人每一个生命。当真正“天人合一”的时候，快乐人间的大同世界就会悄然到来，那才是纯粹生命的真正荣耀，属于你和我，属于整个人类的荣耀。

# 序诗

（一）

语言是思想的翅膀
超越时间空间
超越“有”和“无”的界限
到达你能够想象的任何地方
并存在于能够想象的任何形式

我们所生存的宇宙
用一种难以发现的优美
有序地运转 130 多亿年
所有人类发生的故事
在宇宙运动的长河里
不及一滴水的容量

哪怕仅仅是一滴水
其精美的设计和呈现
已经让那些勇敢的探索者
偶然地发现
并叹为观止

这个宇宙真大
用先祖的话描述:
其大无外

所有的物质、精神
遵循天然的生态法则
相互影响、作用
彼此存在又相互吸引连接
沿着各自的方向
井然有序
呈现着各自独特的天赋秉性
任何形式的改变
都是能量的转换
最终，是大自然用超出
人类智慧千万倍的意志能力
解决所有的问题

我们相信我们看到的
另外还有很大的一部分
我们看不见

但也在发生作用

精神和物质
钻石和文字
有多少人知道
精神和物质界限的秘密
有多少人知道
在时间的历史中
文字如何穿过钻石

发生，或者从未发生
没有分别
或者从来不需要分别

价值，价值的意义
以及价值被创造的方式
善和爱的本质
以及本质所能够呈现的形式
所有的根本
都是连结在一起的

如果你能够读懂
精神和物质
连续的界面和渗透转换的原理

精神和物质
不要断然地肯定
不要断然地否定
相对是水
绝对是山
山水是风景
空气，是无所不在的修行

但对于钻石
对此却浑然不知
尽管钻石是美丽的

竹直花红
映着高山流水的背景
在所有时间的经历中
从未被伤害的纯真

从未被污染的清澈
尽情在生命的春天里
开心地微笑

这微笑是震动的波
波及整个宇宙
这微笑是最高的荣耀和成就!

（二）

竹直花红
像所有根植于
生命深处的秘密
谜底
是宇宙存在的全部意义

青春没有理由
宇宙中所有的运动
都没有理由
人们试图发现规律
也被规律支配

生命、快乐、自由
短暂但却深远的诉求
黑暗中隐隐闪亮的光芒
昭示着宇宙中存在的笃定精神
万古不朽

（三）

无穷的个体生命
光合作用的过程
快乐的旅行
风景全然不同

像白云掠过天空
电荷积累着文明
生命的春天
历久弥新
我伫立在岸边
怀着惊喜的心情
记录着生命季节的
竹直花红

# 目 录



## 父亲篇

## 母亲篇

## 宇宙篇

## 森林篇

## 四季的爱

# 父亲篇

九萬里風鵬正舉
背負青天瞰五洲大
浪淘沙誰抵柱群山
覽盡數風流

丙申年五月自題

## 最开始的对话

上帝是最初的光芒
在物质之前
在生命之前
开启混沌世界的黑暗

上帝精于引力
把中心的地位留给太阳
宇宙中所有的物质
都遵从同一运动规律
却
赋予灵魂自由的能量

艺术的杰作，精密的设计
宇宙的结构，生命的秘密
对称、全息的机理
平衡、相对的奥秘
灵感的传递
光运动的轨迹

灵性把物质和精神结合
水把物质和精神分离

水又是灵性的

我诞生在深深的海洋
在宇宙的太极
—— 呼吸着蓝色的波浪

## 纯粹生命的荣耀

感受生命
感受性灵静静赐予的荣耀
在你遍历了无数的森林和海洋之后
在静谧的光芒之中
听熟透的浆果下落
波涛透彻流水
透彻空间和心灵
鸿雁不来　在宇宙之外
你安然静卧
目不瞬动
聆听记忆中的竹直花红
流水的温柔
轻拂岩石的禀性
一阵一阵的　风　从未止息
你从容的平衡
并轻松地占有一个梦想
感受永恒——
自神秘的灵魂深处延伸

## 奋斗者的激情

胸怀有多寥廓
天地就有多宽广

一杯咖啡
吸收全宇宙的能量

用真诚丈量人性
用价值点燃激情
芝麻开门的钥匙
是奋斗的青春之火
熔入五千年
人类成功和失败的智慧
铸造的纯金品质

用肩膀担当责任
用意志高擎使命
曾经的屡战屡败
和屡败屡战的故事
在双手紧握的那一刻
举杯相庆的信任中

成为难以忘怀的历史

低调的霸气
笃定的坚持
诡异的黑天鹅
机智的咖啡匙
开放妥协灰度
胸怀视野意志

一百年太久
三十年足够
千军万马上战场
一场文化和价值理念的较量
只为最后扎实的超越

## 理想之光

理想
是一颗心
点亮一颗心
共同明亮世界的希望

理想
是一个浪
牵着一个浪
一起奔向大海的力量

理想的光芒
砥砺着青春
孕育着成长
照彻全部生命能量的秩序
照彻所有人性内在的向往
序幕缓缓拉开
在光荣和梦想的
主题音乐中
呈现通往未来的全部航向
整个的过程你一直都在微笑

# 长　城

你是
赫然飘扬的
一面旗帜
赫然
自苍穹
自九天
自地球绕太阳旋转
二千三百多年的历程
起点
在中华民族勒得出血的肩头
有一位女性，翘首
泪，曾淋成雨
呼唤，卷起风
被风雨吹淋的脊背
排成万里长阵
号声和成浪涛
撞击冰硬的石头
浩浩荡荡凝成洪流
磅礴
自百万胸膛里呼出

咆哮成雷
携风声、雨声
翻滚
沿着塞北的雁迹
一条巨龙
崛起
俯身，在涨满气血的
铮铮筋骨之上
衔着山
衔着海
衔着君王的皇袍
衔着渍满血汗的大地
带着历史的指纹
血与汗，风干
成化石
在现代的黎明
自黑暗升腾的东方
耸起自豪！

# 一个伟大心灵成长的全部过程

山，离我不远
矗立着责任和信念
我穿过森林
缓缓流动的季节中
坚定的一颗心
愈来愈和你靠近

难忘第一次
对你充满好奇的凝视
海阔天空
有光的炙热
水的清澈
钻石的睿智
芬芳的果实
洋溢着勤勉和诚恳

阳光下红叶舞动的灵魂
雪地里袅袅升起的烟云
秋天里土地丰收的喜讯
水波中天鹅悠游的清晨

这是极致快乐的世界
纯净的宇宙
高贵的、简朴的、笃定的信仰
尊敬的、勤劳的、博爱的情愫
在漫漫的求索中
用写意的风格
挥洒成就

真理不再是梦想
高尚不再是追求
凝聚着真理和高尚的心灵
见证过历史
见证过飞翔和自由
感恩的心
分享真情和关怀
分享这份朴实而真挚的热爱

无论你悟，还是不悟
无论你有，还是没有
这一刻

真实就在眼前
经过冰与火的历练
带着刚毅的成熟
晶莹剔透

优雅的品质
丰富的层次
醇厚的性情
非凡的气度
你感到这份感情的重量吗?

静谧的泉
源源涌起的灵感
不朽的灵气
天才的思辨
生命在音乐中酝酿成长
觉醒对青春的爱恋

和你一起庆祝
心灵透彻的感悟

感悟这一份爱
源自土地一万年的叮嘱
所有的一切
春天会牢牢记住

梦想曾经冲破
所有物质的主张
让生命的内涵全部开放
大自然的礼物
智慧和真诚的付出
汗水在土壤的深处
升华、专注
物质的、精神的，化学的、灵性的
酿造心灵丰富的结构

云曾经淡漠
夜曾经冷酷
远方的星，没有了信息
冰硬的岩层和沙土
只有水，在根植的深处

聆听生命最原始的嘱咐

我知道这里发生的一切
我知道生与死的赌注
卑鄙的、肮脏的、自私的
狭隘的、幼稚的、故作的
一切让生命软弱的伤害和诱惑
在憎爱分明的氛围中
黯然退出

当一切的困惑澄清
浑沌的世界变得透明
青春在新的秩序中
焕然一新的时候
我苏醒，睁开眼睛
看见山，看见海
还有在山和海的背景上
你勤劳的身影

山不会变

海不会变
一千年，一万年
有你壮行
九万里风
翱翔——
在无际的太空

所有自由的、高尚的
善良的、智慧的愿望
所有健康的、有力的
真实的、美丽的诉求
用生命的意志点燃
正义的能量
洒向太空宇宙

当夜幕垂落
绽放理性的璀璨
和我一起
重新回到童年
坐在时间的河边

讲曾经动人的故事
听涛声响彻
看浪花飞溅
来吧朋友
为成长干杯！

# 流　行

人们把天空涂成金黄
人们乐意
人们把地平线踩得弯曲
人们乐意
人们把信仰当成足球
人们乐意
人们把空气摇得发抖
人们乐意
街上人头攒动
匆匆　街不动
流行的是人
人也有被搁浅的时候
搁浅以后　想起
为自己设计一套宽松衫
穿在身上　作帆
前面
是不曾到过的岸

## 现实中国的印象

新上市的西红柿
街道、行人和篮子
不断升起的高楼
门、门槛
门槛上跨出的一只鞋子
一声尖叫
有强大的电流
穿过知了
不对称的麻木
让人摸不着头脑
只触到下巴和牙齿
躺在四周空白的床上
尽头　传来人和牙齿的传说
眼睛作证
望着一天天升高的鼻梁吃惊
而面颊却迅速紧缩
完成一张不和谐的造型

## 父亲的手

只愿成为一棵成熟的麦穗
饱满而多芒
静静地等侯
播种者收获的微笑

所有辛勤汗水的付出
所有对成长的期望和倾注
在饱满的果实里
回报一份欣慰和满足

在父亲的手中
闪烁金色的朴素

## 骄傲的青春年华

真正的天堂
纯洁的妙龄时光
通体充满了新鲜的血液
散发着淋漓的生命气息
轻盈而不可侵犯的高尚
这短暂的而不能自禁的光芒
像湿润的梦境中
红日冉冉升起的景象
多么的美妙、清澈和淼茫
永恒该是这生命深处的一汪泉水
这一汪不带任何注释的纯洁和清凉

## 思想者

放松精神
让澄净的光芒
照彻森林
照彻宇宙中所有清醒者
让世界通体透明
生命彼此连接
心灵通向心灵

## 伟大觉识的一刻

这是一个隆重的时刻
在不曾预料的夜晚来临

所有生命的记忆中
最最深奥的智慧的觉识
过去曾经的、陌生的文字
在这真实的一刻
全部的意义 焕然昭示

所有关于善的定义
所有关于爱的诠释
历史的、未来的
关于生命运动的认知
一切的来临
都这么让人惊喜的真实

海洋在我心中
天空在我心中
过去在我心中
未来在我心中

春天在我心中
喜悦在我心中
这是四月真实的见证

宇宙中所有的变化和运动
都在我心中清晰地放映

我不是我
我是一个千年生命的复活

## 潇洒的境地

不要把最初的一切放弃
不要菲薄还未成熟的自己
地位虽有高下
人格也有高低
纵是一株小草
也不要望着身边的大树叹息

去愉快地接受
去积极地努力
虽然我们不能改变太多
却可以付出一枕微笑
展开一片绿意

只要我们拥有自己
只要生命能够
在季节的风雨中
自由地独立
前程纵然孤独
也会是一种潇洒的境地

## 红色日出的印象

那才是艺术——
绚丽极致的景象
永远清新
永远鲜亮
我真实、透明
通体高尚
双手颤抖
举抱着夜底浮升的太阳
万籁寂静
只有这宇宙的灵魂
在徐徐绽放
美丽的血液、生命、手掌
那高光明澈的景色哟！

# 太阳，我永远的激励

多少年多少代
多少人为你歌唱过
多少人为你歌唱着死去
多少人为你歌唱着诞生
多少次你躲在夜的背后
多少次乌云遮住你无数只温暖的手
多少次天狗妄想把你吞噬
多少次电闪雷鸣
多少次风急雨骤
多少次南回北归
多少次叶落深秋
宇宙中多少星辰
因为你的光芒才在那茫茫夜空闪烁晶莹
地球，地球上所有的生命
还有像地球一样存在着生命的天体
那生命都是因为你的光芒温暖而繁衍滋生
你把天空和海洋涂成湛蓝
你把暮霭和晨霞染成血红
多少花朵在为你开放
多少河流在为你奔腾

你携狂风掀起浪涛
你采蒸汽织成彩虹
把宁静的梦赐给夜
把火红的希望带给黎明
多少煤多少石油
你把火的种子深埋在地下
多少温暖多少光芒
你把灵魂注入生命
从南极到北极
从北美的新大陆到古老的中国长城
你用冰雪覆盖喜马拉雅山脉
你用绿色装点夏威夷风景
多少诗情闪烁在点点的星空之上
圆月的明眸又寄托着多少对生命眷恋的痴情
你赋以地球分明的四季
你寄予生命不同的个性
无论是黑人、白人
棕种人还是我们炎黄的子孙
心里流动的都是你澎湃的颜色
无论是黑眼睛还是蓝眼睛

沐浴的都是清澈的光明
沙漠的广袤、大海的浩瀚
草地的旷怡、黄土的绵延
苍鹰、羊群
那光着膀子长着结实的肌肉的人们
那怀着自信用慈祥的目光微笑的人们
那飘扬着裙子在习习的晚风中
唱着歌跳着舞的人们
那怀抱着婴儿怀着美好憧憬的人们
麦穗、高粱、棉花、大豆
紫红的葡萄
酸甜的石榴
农民用粘满泥土和汗水的手
捧的无不是你所赐予的

太阳！你就是太阳！
所有这一切对你都是那么偶然
你丝毫也不会想过
因为你的存在才有了生命的概念
多少次生死变换

多少次沧海桑田
这一切对你都是那样的无所谓、无所谓
你只静静地来，又静静地去
人们为这一切赞美你
你丝毫也不去理会
你有你的永恒
你有你的韵律
我认识了你，但不再为你唱那幼稚的歌
你的一切都不是人给予的

## 男人的泪

我流泪
望着不曾流泪的人们
我流泪
我是男人

别妄自骂我是叛逆吧
如果沉默能使我成为真正的儿子

在这寂静的夜的期待里
听吧！
那些盗用和被盗用的生命的所有者

给我说这就是你的爱吗?
你的付出只是为了回报
你能真心地对待每一个人
而不仅仅是对方能够给你带来好处吗?

给我说这就是你的荣誉吗?
你所有向人们炫耀的只是你的外表和形式
什么时候展示你的内在和真实?

还有你，打着“权威”的旗号
一次一次挥舞着“真理”的大棒
打击别人开始梦想的自由和权力
那可是真正伟大的开始啊

光天化日之下
有人居然敢把毒素注入食物
多少人倒下再站不起来
他们还是孩子啊
我们的良知到哪里去了？

请问这是怎样的裁决逻辑
搀扶的手居然被恶意起诉
善良却成了被惩罚的理由
你们把这个世界给颠倒了呀
我们该怎样向下一代交代？

通往生命极致的
难道只有痛苦的阶梯
而就没有真正幸福的坦途吗？
人呀！人的智慧呀！

生命是何等的脆弱
而脆弱的生命却不像春天绚丽的花朵那么鲜洁

生命是何等的短暂
而短暂的生命却不像澎湃的浪花有那么一瞬的壮烈

只有生命才是自由的呀！
为什么却要把自由装在虚荣的礼品盒里
去装点那些冷漠的面孔呢？

我们生活在先祖留下的土地上
为什么你们为了满足自己的欲望
一次次破坏我们赖以生存的环境呢？
我们生活在一个快速变化的信息时代
屏蔽和掩盖能够让生命焕发出真正的力量吗？

国家的命运，民族的希望
多少牺牲，多少汗水
多少人日日夜夜地努力、奋斗
才有了中国历史上又一次的辉煌
可是，有人却把形式当成内容

把娱乐当成脊梁
把潜规则当成规则
把对公平、公正、平等、正义的坚持
当成“有病”排挤到一旁

天自横去　云自横去
难道只知道听话的孩子
能够经得起国际化大潮的风浪吗?
可这就是我们对下一代的教育啊

涛声响着
在我们没有到来之前一直响着
在我们离去之后还要一直响下去

一次又一次的危难时刻
需要我们伸出救援的手
无论是作为主角或配角
难道我们永远只能是冷漠的看客吗?

一次又一次的教训过后

我们应该变得聪明
而聪明仅仅是让我们用虚假来欺骗自己、
欺骗自己的亲人吗?

人们把金灿的目光
投向那辉煌的冠军宝座
告诉我你能从从容容地做一个落后者
不绕过自己的良心而跑完生命的全程吗?

上有日月苍穹
下有江河大地
告诉我除了给人下跪或骑人头上
生命再没有别的存在方式了吗?
一次次机会面前
我们选择取巧的捷径
对那些踏踏实实认真作事的人不屑一顾

难道我们只能从祖先的光环中寻找平衡
在破坏和宣泄的快感中
才能体现青春的活力吗?

在这寂静的夜的期待里
告诉我告诉你自己
在生命的深处有几多真实、几多自私
几多担当、几多勇气

你是否无愧于做一个父亲
无愧于做一个丈夫
无愧于做一个真正的男人

在这寂静的夜的期待里
我流泪!
我流泪,在我澎湃的泪的苦涩里
你能够感觉到燃烧的生命吗?

我流泪!愿我的泪化作一把深耕的犁
犁去你脸上为别人预置的逢迎的笑

我流泪!愿我的泪化作一倾淋漓的雨
涤去你自私的欲望里浮躁的烦恼

我流泪！愿我的泪聚成一纪万钧的雷霆
惊醒那因欲望而迷茫的眼睛
和因麻木而松散的神经

我流泪！愿我的泪撒遍沉睡的大地
化作晨露、化作春风、化作丰饶的四季

我流泪！望着不曾流泪的人们
我流泪！我是男人！

## 波浪——自由的能量

最是那青春的狂荡
从不在乎会跌倒　扑向——
坚韧的岸
展开胸膛

又从容站立
生命总那么陶醉
掬一捧欢乐的笑声
带着永不衰老的注释
忘我地　奉献

## 生命的合唱

不要介意 掌声
为谁鸣响
嘹亮我们的真诚
与这真实的世界分享
青春的挚爱
原本就是一首优美的歌
让歌声
载着我们的心灵
上升
在时光最动人的深处
去收藏永恒
收藏天空和海洋

永恒的 是 生命
永恒的 是 星光和波浪
宇宙 安详在 这静谧的和声之中

# 一　切

不要相信这一切
不要怀疑这一切
如果你理解这一切

不要执着这一切
不要放弃这一切
如果你拥有这一切

理解这一切
拥有这一切
这就是一切

# 写在共和国一个难忘的时刻

握着我的手的是你冰凉的小手
撕着我的心的是你沙哑的歌喉
问一声苍茫暮色
暮色端坐在静寂的彼岸
问一声滚滚波涛
波涛紧抱着大地奋勇地呐喊
真实的五月流淌着你鲜红的梦幻
古老的黑夜眨着困惑的双眼
冰冷的土地
此刻——
我们相对无言

## 前卫者的妄想

世界被弥漫的雾包围了
世界被无形的穹盖封闭了
荒岛上，跳出一群赤裸的孩子
两只角长在脑袋上
额头蓬松着蓝色的头发丝
激情燃烧的目光
融化金属
铸成一双巨大的手
把弥漫的雾扯开撕断
用唾液和蔑视
把撕断的雾片缝合 做成衣衫
拣一块石头
凿成人们陌生的偶像
把衣衫给那偶像穿好
放在裂了口的天窗上
然后去追逐过路的影子
让他们聚集在偶像面前
指望 他们的眼睛
把那偶像的血管膨胀
而偶像却不时地挥手

在每个影子的脸上
掮着耳光
感觉的人清醒
不感觉的人叫疼
渐渐地那裂口张大了
太阳 升起浪潮
他们欢呼
孤独 唱起不抒情的咏叹调

# 我的家园

当一切的经历过去
当物质的风暴席卷城市
当道路伸长
机器却无人控制
当人 不再 在乎人
当目光关注膨胀的数字
当天不蓝、水不绿
当地平线失去真实

你是否还坚定地站在那里
脚踏实地——
手里拿着像五月一样鲜明的旗帜

## 二月的雪

莹润的情感
神秘的文字
冬天扭头回来
给春留首小诗

清冽的土地
一下俏起来了
瞬间的注解
即刻化去
融进春天
灿烂的历史

## 五十年后的我

太阳
照耀着森林
自然的能量
平衡淡远
在隐约的背景中延申

湛蓝的天空中
闪电 曾经划过
雷雨 曾经轰鸣
生命的体验
和着四季的风
醇化在杯酒里
钻石般绚丽的颜色
透澈天地千万年的灵性
明亮自性的光芒
照耀我
心灵成长的全部历程

我伫立在岸边
聆听大河奔腾
双手放松
把握着宇宙的宁静

# 开放之印象

墙，围在四周
门，古老得发锈
一双眼睛
在黑暗中闪亮
他踮起脚尖
向墙外巴望

## 激情世界杯

又是一场
席卷全球的征战
英雄和英雄
信心和期盼
气吞山河的气概
酣畅淋漓的逆转
无论是跌倒还是站立
人们都会重新认识英雄
失败的泪水
胜利的狂欢
荣耀与梦想
意志和信念
熊熊的火
燃遍世界的每一个角落
喷发 或者 塌陷
瞬间的改变
刻骨铭心的数字
在白昼和黑夜的界限
让人再一次定义伟大
定义团队和力量

审视所有可能的背景元素
政治的、经济的、文化的、
自由的、性感的、智慧的、强大的
炫目的现场精彩
隐隐的缺席遗憾
重新定义胜利和失败
定义信心和勇敢
和关于男人的、女人的
对整个生命审美的概念

这里没有永远的强者
只有力量和速度
只有智慧和幸运创造的
一个个精彩的瞬间

当哨音吹响
曾经沸腾的战场
曲终人散
当所有的激情和悲伤
都宣泄得淋漓尽致

一切恢复平淡
被狂欢和悲痛冲刷洗涤的世界
依旧静静的白云蓝天

# 母亲篇

聖人心日月
仁者壽山河

丙申年春

# 夜

温柔是一种沉重
自惺忪的疲倦里坠落
大地托起蓝色
有水银般的云烟　袅袅
灵魂化作
一片空灵的音韵
女性般泛红的光羽
敛起最后一抹微笑
万物沉睡在你宁馨的怀抱里

不要任何音响
我独醒
掌着漫天灯火
看守盗夜的精灵们

# 十　月

十月　是一双温柔的手
往我的额头上放
作用于我心中的惊喜与满足
深切而感人的分量
原是这样的真挚、亲近
像爱人的脚步
永远令人难以忘怀的
初恋的幸福和惆怅

张开心灵
真实就在眼前
听桨声渐渐放慢
朋友
我在这里

## 家乡的湖，
## 记忆中的那一汪清纯

静得像一面镜子
清得像姑娘的眼睛
风拉着水波嬉戏
阳光下闪着亮晶

没有寒风的嘲弄
没有冰凌的束缚
心儿在无声地跳跃
一汪深情在忘我中成熟

# 乡 情

乡情，是小时候，奶奶从开过红花的石榴树上摘下来的酸石榴。

乡情，是村口湾湾的小路，和湾湾的小路上我赤脚赶进夕阳的老黄牛。

乡情，是村后河堤上的狗尾巴草，是追逐蒲公英飞扬的一双双小手。

乡情，是妈妈讲给夏夜的每一个清凉的故事，是爸爸指给我数我却从未数尽的满天星斗。

乡情，是吱呀的牛车碾出的深沉的轨迹和沿着深沉的轨迹延伸的一串歪斜的脚印。

听说很远很远的地方有海，于是全村的人都赶来相送，从此，乡情便成了我日行的鞋子、夜眠的枕头。

# 海上日出的印象

悠扬的长笛嘹亮轻盈
漾动一空碧水声希浪涌

主音和属音的交替
仿佛明暗衔接的平静

此时 主题从这背景中
伸 展 开 来
宽广、明亮、缓慢而抒情

# 天 鹅

霎那间惊醒的一泓湖水
波光微微舒展在温柔一角

蓝天的分量原是那样的轻
轻轻的还有若蓝天一样的灵性

缓缓地靠近
深情地鸣吟
清澈的是这泓水
纯洁的是这份情

天空廖廓在你翩翩的倩影里

# 回　声

每每置身于这赐生命以希望的黎明，
像伟岸的白杨挺立在徐徐的晨风里；
每每吸吮着这春天般清新的空气，像
婴儿吸吮着母亲甘怡的乳汁。

每每注视着这红彤彤鼓翼蓬升的朝
阳，还有这火一样绚丽的彩霞，
像恋人注视着对方清澈的瞳孔，和由
于热情的冲动和含羞的温存而呈现
在温暖笑容里的红潮。

我在一种惶惶的不安中，享受着阳光
从遥远得没有尽头的空洞里给生命
带来的一切，
像第一次站在讲台上，红了脸望着老
师那慈祥亲切的笑容，任时光飞逝，
我终没有变了这种感觉。

季节的变幻，让人从永恒中领略到如
斯的悟性，

每每望着那莹莹的飞雪，丝丝的雨滴，风动着树叶，光透过水面，
我便云然浮生出一种崇高的意向，想必上帝是一个女性。

事物的两极主宰着这个世界的一切，像昼与夜的翅膀萦绕着时光的飞轮旋转，
这个世界也在男人和女人的呼吸中徐徐变化。

随着年龄的日益增长和生活阅历的日益丰富，对所置身的世界有了更深刻的认识，
大自然的变化固然给予人们许多心灵的启迪，但作为一名男性，
内心最充满感动的还是伟大母性的慈爱、无私、包容、安详，
让人三叹生命的造化是那么的和谐，心在其中，让人美满充实。

女人是男人的根，男人通过女人向上延伸。在这个世界上男人和女人的和谐则形成生命繁茂的森林。

生活是一座看不到顶的山峰，蜿蜒征途上，我时常拣起一块石头，投向那葱葱的山壑，然后稍息片刻，

等待造化传来婉约的回声，我知道，

那是上帝给人永恒的启示。

## 感受你在秋天里的意境

此刻，你的呼吸
完美而平衡
季节的灵魂
经历了火样的炙热
积累浑厚的势能

生命徐徐地上升
达到从未有过的高度

从新月初露的第一个微笑
你就开始 精心地
把爱陶冶成金
洗涤这无际的天空

成熟是生命难忘的历程
和着秋叶一样斑斓的颜色
从执着走向空灵

果实是你纯自然的造就

# 红檀香

当太阳从地面升起的一瞬
感动你挺拔在地平线上
执着坚定的精神

露水打湿你飘扬的黑发
阳光洒满你铺满小花的长裙

习习的红檀香
霞光万道神采际会的风云

## 生命的承诺

一直向往
一个清澈的地方
和你一起去欣赏
钻石形成的全部过程

当所有的奇迹发生
梦想成真的验证
无论在场的
是月亮还是星星
我都会点燃一只蜡烛
灿然地播放
蒙娜丽莎的微笑

# 水的组诗

对于生命　那是永远亲切的奏鸣

昼的忙碌中隐约忘却的情感
在这黄昏初临的静谧里被心灵感知
的一刹那
我用真诚聆听随茫茫的夜色由远而
近的涛声
有音乐自情感的深处汩汩流出
灵魂仿佛要磕开了躯壳
随那涛声袅袅远去
上善若水——

## 泉

自大地胸膛里涌出
不胜深邃的清凉
全然不顾尘世的喧嚣
自顾无止境地纯洁
纯洁无声

我用双手
浸入你匀匀的汩动里
感受你秀发飘举
心被无数透红的唇温存地触动
闪电放慢千万倍
水灵灵绽开一朵白莲花
整个夏天我就这样度过

# 瀑

携一怀清风
高蹈在青山的翠绿里
曾几时被你冲得锃亮的岩石
仿佛奔腾着欲随你去
却在那兀然竖立的坠落面前戛然止步
驻足　遥望你用笑声挂起一帘银瀑

感情是一纪过分的吻
透明的脸不会泛红
只溅起涛声
被对面的山崖送回
合成重奏
朗诵着一颗永不衰老的心

## 浪

我自由的冀望
沐浴在你汹涌的心怀里
看你骤然簇拥着立起
然后又倏然散去
在一声响彻天地的嘹亮中
生命原是一簇壮烈的花

生来是流浪的命运
却怀着对大海的真诚
岸　是你伴奏的萨克斯管
我　是你的听众

# 雪

流动着天籁的音符
极轻巧的太空舞步
时光一样庄严
漫漫飞落童话般的世界
营造一个非凡的意境

阳台上　一只白鸽
静静地梳理羽毛
不要去惊动她
生命就是这样一个过程
太阳出来　雪
静静地消融

# 湖

一轮明月自心底翩翩影舞动
清澈的光辉向你倾泻
随轻盈的风
漾漾魂失

斟一汪深情
在宁静的温馨里
献给一水的心

太阳的光芒因为你而更加璀璨
我最喜欢伏在你的身边
看你拨动星斗无数
阳光是爱　你是诗

# 雾

恰似天鹅般放慢的温柔
轻轻地倚靠在我的窗口
在那粘有男人美容霜气味的窗玻璃上
擦起脸来

来了，静静地来了
走了，悄悄地走了
透过你　我看到的是另外一个世界
你的灵魂在我凝重的鼻息里

## 云

朝霞需要你
暮霭需要你
寂寞的山需要你
无垠的草地需要你
海的湛蓝里飘扬着
由你注释的烂漫的旗帜
有细雨自那烂漫的深蕴处淋漓

万般温柔
却有立地擎天的壮烈

## 虹

坦诚是生命
比火更灿烂
是你向人们展示
平凡的生命所蕴藏的
是一颗怎样的心
也许正是因为坦诚得彻底
你的美丽才不能驻久

望着你
总有一双眼睛 浸着泪

# 初　心

守护你清澈的初心
生命中所有的美丽
都会从那里延伸
润泽心灵所及的每一个地方

成长的季节
总会遇到
各种绚丽的花朵开放
无论你在经历光明的白昼
还是在经历漫长的黑夜
初心不能改变
因为生命承受不起
和初心分别的沧桑

# 宇宙篇

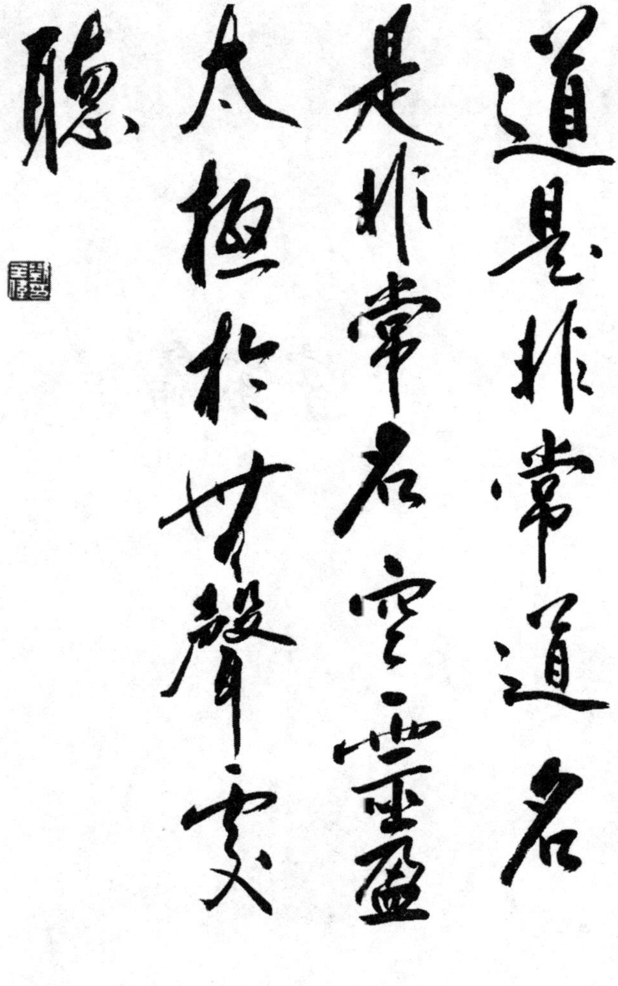

## 月 光

山川无声
大河无声
光阴静止了
泄澄波于静悄
映碧霄于长空
你那永不着陆的梦

立在极目的峰顶
听你空灵的足音
坦坦荡荡
坦坦荡荡地
唤醒 我心中的大海、太阳
和对于过去的、未来的
存在的、虚空的
一切奇妙感觉的记忆
死亡溶化，生命流动
生与死，与我、与你 消融
结晶成灵感明眸的一瞬
遥遥的太空
星星，眨亮亮的眼睛

我的朋友
所有有机的无机的生命
所有占据时空的一切事物
用血液、用手掌
用所能存在的外形
陶醉这神圣的灵赐吧
让心灵无限地伸展
感受这纯洁爱情的沉重

你源泉混沌的乐音
自深邃的静谧里升起
你放之四海的从容
波光灿灿迫宇宙之极

四极无度
心灵无度
一切都在这永恒的一瞬证明了!
看远天云烟又起
听宇宙八面风涌
落雪、淅雨、暮歌、飞鸿

水灵灵的花朵
爱和被爱的誓盟
圆的、缺的
落叶的叹息和微笑
瞬间的、永恒的
初绽的希望与苦痛
一切生命的情感
和情感以外的空
所有所有的一切
都在你无限的心灵里充实了——
一幕垂在苍穹的风景

此刻，林中惊起归鸟
天空掠过云影
我肃然起敬的你
庄严地静止吧
庄严地！静止
让整个宇宙以你为中心
让我任性的痴情
围着你轻盈的灵魂—— 运动

# 开始的序曲

朦胧伸远的地平线
被一群奔起的飞鸟划断

## 心 动

是谁在三月里微笑
遍野的油菜花儿
开心地雀跃

听那田埂上的情侣
和家人告别的嘱托
鸟儿要飞了

乍晴的天空
一道彩虹挂着生动

## 家　乡

风吹着白桦
山羊瞧着篱笆

# 秋天的果实

初秋的阳光　点燃
苹果恣意的疯狂

## 蓝色的夏天

此刻，在一棵树
顶天立地的功夫
是谁站在岸上
看大海在空中飘荡
倒映在蓝天里的 夏的破浪
在童年白色的沙滩
徐徐地开放

## 山的宣誓

音乐弥漫于山的脊梁
山挺拔着男性的寥廓和刚强
你不需要站立成
任何一种刻意的姿势
你只成为你自己
成为一个让母亲自豪的儿子

## 空灵的心

无数的灵魂在空中跳动
响亮的是万籁深邃的寂静
慕你轻舞的天空
明亮的暮色中
望着你，有一双炯炯的眼睛

# 自然会意的心境

（一）

你微笑的颜色
对我仿佛是一个质地清凉的梦境

听那落雪静谧的声音
和你望着落雪无限深远的意境

（二）

你袒露的心灵
比你袒露的梦　沉重

你真实的沉默
比你真实的微笑　动人

## 芒 果

给我这样一个夏天
带着少年特有的初恋滋味

看此时的天空
蓝得像一汪水

# 十月是一个永远的爱人

十月的灵魂
像你的呼吸一样轻盈
让我静静地感受
你的心 每一次的搏动
平衡的、有力的、欢快的
充满智慧的清醒

# 站在四月的窗口

让我们像四月一样
新鲜温暖并充满希望
带上你所有生命的想往
带上你天生的淳朴和善良
我们一起
用双手打造一个简单透明
并生机勃勃的地方
在黎明的光辉里
感受太阳升起
用心去听风的细语
看山　是一门艺术

这样的一刻
我会给你留着

## 雪的又一次启示

顿悟是那彻底的覆盖
仿佛隆重的一击
光明照彻　而我不见

# 一生都忘不了

朵朵的莲花像火焰创造的精灵
静静地燃烧在那绿色的意境之中

## 从最最原始的奇迹开始

平静的海面上浮升一轮浑圆的红日
悠然地享受着重力和呼吸的平易

## 仿　佛

很远很远的蓝色平原在思索
你温柔的眼帘极为轻松的动作
让我在你水汪汪的闭合中学会真正的安宁

# 星 空

总在幻想
天空中会有一群年轻的星
乍放的光芒
彼此照亮
又彼此惊愕
当我默默地望着你时
你可曾默默地望着我

## 雨中，你是自由的

在蒙蒙的雨中，你静静地行走。

在淡淡的天空下，
在淡淡的云雾里，
在蒙蒙的雨中，
你静静地行走，
感受灵魂在雨中静静地着陆
这雨，原是生命的一种自由。

你是自由的，
有自由的灵魂，
有自由的能量，
有自由的空间，
有自由的律动。
自由的你可以化作
一只鸟、一棵树、
一座山、一阵风，
去飞翔，去挺立，
去静默，去流动，
无声无息，无影无踪。

你有自由的情感，
你是自由的存在，
你哭泣，你微笑，
你得意，你烦恼；
你孤独，你徘徊，
你麻木，你悲哀；
你充实，你渴望，
你自信，你无奈；
你恨，你爱；
你心神不宁，
你坦然从容；
你有一千种理由痛苦，
你有一千种理由舒展笑容。

可你总是自由的，
自由的你总能走出这情感，
走出这雨，
走出这风，
走出这多雨的生命，
在雨外看这雨，

在风外感受风，
在生命之外，
看最最原始的风景。

雨是清朗的雨，
风是透明的风，
一切的情感都是粒子、是物资，
生命是组合、是平衡。

等待，在雨中等待。
日出云外，日落云外，
自由的你等待，
或崇高、或渺小、
或茫然、或自信，
你和太阳只隔着一层，
薄薄的一层，云。
也许等待就是目的，
也许等待就是生命，
在等待中你是自由的。

你是自由的，
你可以一千次地否定自己，
一千次地肯定自己，
一千次死，一千次生。
在时间之内，
在时间之外，
或千年万年，
或刹那之间，
悄悄地死，
悄悄地生，
生是一种自由，
死也是一种自由。

你是自由的，
你静静地绿，
你静静地红，
你无限地伸展，
你永恒地颤动，
伸展你的绿给大地看，
给蓝天看，

颤动你的红给宇宙听，
给生命听。

你是自由的，
自由地静默。
静默一万年、一亿年，
静默成山，
静默成空，
在雨中屹立，
在雨中存在，
承受这雨，
承受这光明。
一万年不醒，
一亿年不醒，
梦中你是自由的。

你是自由的，
你拥有宇宙中，
所有物质静止和运动的智慧，
你拥有一切生命心灵感悟的结晶。

化作阳光，
化作月夜，
化作海，
化作星空，
穿透这雨，
照亮这雨，
容纳这雨，
凝固这雨。
你是雨了，
在雨中呼吸，
在雨中心跳。

你是自由的，
你包涵时间，
你超越时间，
你包容宇宙，
你超越宇宙。
你虚，你实，
你无，你有。
你静止，你运动，

你存在，你彻悟，
既新鲜，又古朴，
潇潇洒洒、澄澄明明的你，
自由地孕育你自己，
在一万年之前窥视你自己，
在一万年之后欣赏你自己，
自由的你包涵着一个自由的宇宙，
这雨也是一种真实的自由。

雨中，你是自由的！

# 森林篇

百年樹人

## 千年古树

曾经和山
并肩　站在一起
担当风雨
守护长夜的静寂
一万次地努力
让生命的愿望
去表达春天
表达天地赋予生命的
波澜壮丽

漫不经意
云　总有一朵
沿着弧曲的地平线
岁月长去
时间　从你浓密的皱纹里
和你看梢上红日

苍老的是孤烟
永驻的是心

## 寄语秋天的一棵树

在秋天的阳光里
在一棵崇高的树下
在一棵树所拥有的美丽的天地里
倘佯的凉意
清澈地掠过心灵
湖水极细微的颤动
经历过四季的色彩
对于生命的热爱和坦诚
倾注于根须深植的土地
从未有过的壮丽高尚的感觉
永远不能使我忘怀的
这一刻的庄严和神圣
连着你的呼吸
万道生命之泉的涌动
错落有致的交响
在灿烂极至的高潮部分
轻抚灵魂的安谧和生动

朋友，请让我与你珍重
与此刻的阳光

珍重这不是秘密的爱情
我会在你沉默的时候
怀着对于生命诚挚的信念
觅你红叶烂漫的信息
并在你挺拔的土地上
在能够想象到你的任何地方
向你致敬!

## 你是我的树

你是我的树
伫立在我驰行的前路
平静安详的美丽
象轻轻的一声问候
让我忘却
曾经千年的等候

给我你的手
让我把握你的温柔
无边无际的心情
放乎四海的诉求
当冰雪融化
竹直花红的时候
这世界——
会因为我们而不同

你是我的树

# 停泊在雪地河边的小船

时光一样缓缓流动的节奏
带着桨声经历亘古的回音
鼓荡四极的空灵境界
此刻　水在流动
该有怎样的心灵
停泊　在这片童话般的纯净里
感受天籁
粲然的触动
心中美好记忆的苏醒

远方的森林
传来绿色生命交响的歌声
潺潺的流水，让真挚渐臻佳境
一群白鸽飞来
带着快乐的信息
点亮这凝神生动的抒情

天空依旧
湛蓝，一尘不染的灵性

## 心灵的泉

恍然一曲绝妙的旋律
精美的钢琴奏鸣
清晰的憧憬
漾作一汪深广的空灵
洗练一轮圆润的明月
捕捉微风清凉的灵感
通体的天真
清澈无悟
却有亲切的和声
和你一起
会心于忘言之境

月下
听你的心灵
徐徐开放如画

## 樱花开了

伸手　揽一把阳光
阳光　透明的
这不是梦
大地　睁开眼睛

# 春　天

桃花开满三月
三月　春天初启的情窦
柳絮盈盈　飞起
你的脸像桃花红透

我　立在水的对岸
看你倒影在水中朦胧的笑脸
时间安详在静谧的水面
任凭季节的力量
呈现蓬勃的生机无限

# 再遇樱花

你在风中伫立了很久
终于绽放成一簇灿烂的笑
掬一把阳光
依旧潇洒地站在那里
所有观看你的人
都被你感动得脸红

## 夏天的河边

欢快清澈的夏天
肆意奔跑的少年
成长的过程
记录着四季变化的声音

# 烂漫少年的星

无数的背景上有无数的天空
无数的天空中眨着无数神秘的眼睛
从生命的起始　四季的阳光
会默默地带领你穿过无数个黑夜
去访问无数个绿色的叶子
还有大海湛蓝湛蓝的笑声
总会有一个个的瞬间　留下
在你的身前和背后
连成一座座美丽的桥
让岁月的风
弹响你雏稚烂漫的剪影
天真而深情地　演奏生命

## 别了，摇篮

依旧是宁静
宁静 悄然的春风
驻足在新绿的枝头
枝上有鸟
不忍喧鸣

就让这宁静
融着惜别的湿润
玲珑般开放
在我们的心灵里吧
还有将要成为记忆的摇篮
和萦绕在摇篮边的摇篮曲

从此 世界将会像夏日阳伞般展开
生命沿着远方那碧绿的召唤驶去

# 四季的爱

天行健君子以
自强不息

## 生命能够经历的天长地久

我张开一汪原始般清纯的瞳孔
望你　潇洒从容
记忆回溯
至未有你　未有我
未有一切的境地
梦也冉冉
如远天的回声
传递亘古的灵性
色彩斑斓逼真

孤烟已显苍老
归来
让我们一起
用生命祈祷

# 蓝色的夜向你倾诉

让我困惑的
是你心灵深处看不见的伤痛
给我自由的
是你坦然舒展的笑容
我已经学会
不再去介意
那些真真假假的誓言
面对明天
只让生命付出百分之百的真诚

多么渴望
成为被你恩宠的孩子
在这深远静寂的子夜
怀着童年幻想的天真
躺在温暖的怀抱里
安然入梦

# 别把我忘掉

别把我忘掉
这对我很重要
有一种爱
就是这秘密的默契
只要是心灵所经历的
就再不会忘记
你的微笑
还有你的声音
轻拂那不竭的源泉
永远让我感到
生命是这样的美好
别把我忘掉
这对我很重要

# 含羞草

真想送你一片宁静
不去打扰你心怀的纯情
只应远远地注视着你
像注视天上那颗星星
但是我不能

真不该任性地触动了你
让你痴痴地吐露真情
你天真地说你很幸福
真不该让分别的思念给你带来苦痛
但是我不能

## 思念的风

我走了　留下那静静的荷塘
曾是怎样的一轮明月
和怎样漾动灵魂的芳香
此时　你是否依旧
立在静静的荷塘旁边
望着那宁静的色彩出神
是否有风　吹动你的秀发
吹动你深深的思念
可知道这风来自海上
来自我告别你远去的那个方向
轻轻地吹动你的秀发
像往日我的手轻轻地那样

## 望 月

曾想用一杯水的清纯
关照未曾萌动的感恩
天空仍然谦卑
远方依旧勤奋
雄关漫道的征途上
却不见来自故乡的人

## 年轻的心

青春是一樽美丽的酒
你饮她时总是抿嘴一笑
青春是一抹颤动的虹
你望着她时心也会颤动

脸上泛红
因为你正年轻

一再抬头笑太阳
却见太阳也在笑
阳光挂起一串串数不尽的紫葡萄

生命是一首诗
失去和拥有的体会
人们昨天读今天读
反反复复
美丽的憧憬总是新鲜

## 秋的眼睛

此刻，阳光下那片透明的红叶
像秋的眼睛
流露真情的关怀
蓝天注视着
我经历过四季的热爱

爱我！深深地爱我
哪怕明天生命就会失去
爱你！深深地爱你
哪怕寒冬即刻到来

一切过去之后
我还会清晰地记着你
在你辉煌的四周
展开无垠的洁白

# 雪与荷的联想

生命原是可以这样的平静
在夜一样的绿色里
明亮生命最深处的光明
悄无声息的美丽
并无刻意惊人的生动
用心性的光芒
照亮夜色静谧的天空

等待，是一场
千年不觉的梦
深不见底的真纯
醒　或者不醒
在你我之间
恍然没有的界限
时光流动
绕过童年的心
在时光之外
往来自由的风
带着爱的信息
注释着生命的永恒

## 月下流水涟涟

何时再乘上你的小船
缓缓地在月下把意境荡远
讲述一个个熟悉的故事
让往日的时光
焕然成一副副清晰的面孔
在这浓浓的气氛中
亲切地再现

不要任何的语言
均匀的呼吸中只有你和我
拂着时间的浪花
静静地划向永远

## 青春的对话

或者永远天真地站在那里
任阳光无数次地抚摸你的背影
任思绪打结　交织成网
在葱郁的白桦林旁
目睹春天一次次走失的过程

或者勇敢地转过身来
注视着太阳和天空
把今天作为全新的日子
让风雨重新塑造岁月的面孔

在明天的一个合适的时刻
我会和你一起举杯
庆贺这一历史性的决定

## 黎明的太阳从我们心中升起

我把昨日真实的梦幻抛向天空
在这片亲切的土地上
注视着未来神圣的面孔

空气　全然地放松
有生命自真诚的专注里卓然挺立
连接我们的永远是心灵

宇宙在霞光清亮的音响中
吐纳风云

# 黎明的小鹿

你是随黎明而至的一头小鹿
敏感机警而具灵性
当我看到你的刹那
心中涌起一阵狂喜
你发现了我
却没有躲避
像往日对待别的生命那样
这让我永远感激的一瞬
记载着你对真诚的直觉和信任

## 亲爱的，等我一下

亲爱的　等我一下
我去采朵莲花
也许还需要一条小船
也许一时还找不到
等我一下　不会太久的

亲爱的　等我一下
我去寻找种子
把它们种下
也许还要等一场春雨
春天来了　我还要看着它们发芽
等我一下　不会太久

# 再　见

一切的本质该是这样的平凡
像此刻轻轻地说一声再见
似乎再没有别的什么要说
连道一声谢谢也显多余
可是内心总渴望能发生点什么
渴望有你站在那里
站在桥的另一端
能时刻看到你的微笑

该是红叶灿烂的季节
也是月亮最美丽的日子
善于播种的收获者
此刻该会满足于生命深处的那份热爱

云儿很高　月儿很高
我心存的感激
像那云　像那月
寄一秋的蓝天给你
还有圆满的月
让每一片天空都收藏你静静的美丽

## 致拣红叶的小女孩

送你一幅美丽的风景画
你是这幅画的小主人公
天空是那么的蓝
霜叶是那么的红
生命的阳光　静静地照耀
你那流露着甜蜜微笑的身影

稚嫩的小手　拣起片片
霜色的红叶
像拣起一片红红的太阳
小心翼翼地
收藏在稚嫩的心灵里
无论岁月流逝何处
她会像青春一样
清新亮丽

## 自由在水中的徜徉

永远不停
这自由和谐的颤动

把你美丽的沉默带上
那儿风也清凉
生命的航程
永无止境

让心灵专注与流水
专注于蓝色的光滑与平静
和时光一起——
静静地飞翔
让清澈的温柔
触动蓝天永恒的真诚
去领略生命的那份深沉
领略宇宙绚丽极致的光明

## 三月的夜曲

温柔的烛光
和着音乐微微的音量
独自的静坐中
忽而想起了你
想起了鸽子
在浅浅的睡眠中
放松的翅膀

睡吧，亲爱的
让梦　安静得——
像一朵正在开放的花
在星光里
在三月的风里
我，站在春天的河岸上
守候着这一美丽时刻的到来

# 四月的色彩

在我求索的视野里
你是一种风景
在我渴望的心灵中
你是一种证明
你说我的美丽
只有你才能走近
从此　我的心
再也不能平静

## 冬天的故事

永恒是寂静
一片洁白的梦
月亮淡淡地承诺
她那三百六十种表情

神秘覆盖了这夜
覆盖了曾经欢快的歌声
一串脚印　走来
寻找季节的另一种爱情
相知的鸿雁
却悻悻地离去
列着让人吃惊的队形

## 朋友，别这样

朋友，别这样
随便从你的口袋里
掏出　从别人那里拣来的
苍白的赞扬
像掏出一颗瓜子
送给我　指望
我会对那东西微笑
像我对友谊微笑那样
朋友　别这样

要送　就把你那颗心给我
哪怕他是剑
带着血　带着古老的中伤
我会真正欣慰
我会真正痛苦
我会欢呼　世界上
跳动着一颗真实的心脏

# 十月的歌

当我静静地望着月亮
望着悠然的天鹅
在静静的湖面上
缓缓移动的情形

真想
来到你的身边
一起聆听
月光辉洒的湖面
粼粼亲切的波澜

也许有金色的叶子
飘落　在我们的面前
有白色的鸽子
把喜讯带向蓝天
该开的花儿都开了
我们把果实捧在手上
感受生活
原是这样的滋味

## 莲花觉醒的生命意义

徐徐的凉风
挥洒娴熟的泼墨
深藏天真的绿影中
炫耀着红荷朵朵
浓郁的清香　似火
彻骨不见云影
魂系天地的真纯间
你深梦万丈不觉

# 听　雨

雨静静地下着。

淅沥的雨滴，总让我想起林中透射的阳光，阳光一束束透过丛林，射到地面，似有一种力，发出均匀连续的声响，像此刻的雨。

雨点打在静静的叶面上，响起轻盈的音乐。清晨醒来，不知道这音乐从何时开始，仰望深沉的天空，也不知道这雨点何时结束。

一个个刹那之间，让人感到自我与宇宙的存在，我内、我外，在这个大的宇宙中，像总有一种力量在发生作用，或吸引、或排斥、或平衡，令人感叹不已。

忽而感觉又失去了那界限，半空里一颗心悬着，像静的一轮明月，从容在空中，其间似有似无的充满着透明的介质，薄雾升起，让人隐约感到那介质的分量。

雨静静地下着，大地悄悄地承受着这清新、湿润，像承受阳光和那有分量的介质，这湿润像阳光的明媚，一样给生命带来新的生机、新的养分，而生命就是在这种绝妙的循环中，或动、或静，滋生成长，无知无觉地经历着四季。

蒙蒙的细雨中，放眼是一条宽广的河，没有人知道它起自何处，又流向何方。微风吹来，河面上掀起阵阵的浪波，拍打着静静的河岸，仿佛这里总有风，河里总有那不息的浪，浪不停地拍打着静静的岸，像时间的脚步。

雨点落在河里，瞬间不见了，只有那风和那微微的浪声，依旧从容地奏着那动听的音乐。

蓦地想起了人，想起了人的智慧，想起了人与自然不那么文明的相处方式，不觉地心中充满了一种难遣的惆怅，那动人的声音在这隐约的惆怅中淡淡地消失了，只有记忆中那淋漓的亲切和细细的平易。

## 想　飞

想你，想到飞
你走了
我被你包围

想到飞
想到击水三千里
在水的尽头
看到的是你

想到飞
飞到云端里
赤橙黄绿青蓝紫
江河湖海万顷金
画一个龙
等你点睛

想到飞
龙一样翻腾
天马行空
往来自由

雄踞在山的峰顶
撼不动
想你，因为你是根

# 与自己同行

如果环境注定让你沉默
你就默默地，像一棵树
静静地呼吸痛苦和希望
终会有一天，也许在夏季
你会突然发现
自己挺拔的身躯
已经给别人带来了清新的阴凉

不要气馁
不要悲伤
不要为那些不愉快的事情
痛苦得太长
得失不是生活
征途也不尽短长
冬天的故事
也许会给春天留下最为深刻的印象
如果心不能够超越这个世界
那就做这个世界的一个真正的分子
你要生活得像你自己
就像最最开始所幻想的那样

世界无奈的真实
青春经不起彷徨
我知道你是天才
你机智、你勤奋、你纯真、你善良
不要把现实的雾霾淹没了这一切
让这一切的美好
在你的身上绽放光芒
把友好施予每一个人
把真诚付与每一寸时光
即使善良得到误解
即使正直遭遇中伤
你也要做得堂堂正正
你也要做得坦坦荡荡
与自己同行
与自己的良知同行
你要清醒地牢记自己的使命
每时每刻把握自己的方向
勤勤恳恳地工作
快快乐乐地生活
世界会在你的努力中变样

伟大总是光明
渺小总是迷茫
流你自己的汗水
去实现自己的理想

# 仙人掌

汹涌的白桦林远去了
尽头是海
延着夜的长堤
我去很远很远的地方
酝酿放升红日的云彩

尽管　脚下是沙漠
心也会坦诚地绽开
为了不辜负远方的信仰
不辜负生命最原始的热爱

## 你是一棵美丽的树

我会，走过来
站在你的身旁
和你一起
用心 去触摸天堂
任四季变换色彩
看日月绽放光芒
牵着手
连着根
直到——
地老天荒

## 雪的又一次启示

闭上眼睛
让你在我的面前飞翔
任凭狂风怒号
去雕刻山的形象

没有束缚的障碍
天性自由的狂放

扎实的根基
挺拔的脊梁
一切严酷的无情的考验
都经历以后
失去的留下的
倒下的站立的
有多少的珍惜
该牢牢地系在心上

# 从　此

从此我将走出山林
用虔诚的心
看一颗种子
如何在土地中发芽生根
茁壮成长
经历风雨经历阳光
经历光合能量变化的奇迹
并记录生命成长的全部过程

# 永无止境的航程

竹直花红
用生命聆听宇宙的声音
没有结束
只是在生命信念的航程中
纯粹心境的开始
愿有您同行
在青春的歌声荡漾中
我们能够共同感受
宇宙中那清澈能量的回应
一切都在这竹直花红里

# 后 记

## 远方有多远

仰望星空，给人无限深邃的遐想。首先感受到自由，无论你有多少梦想，都可以在这宽广深邃中放心自由地飞翔，天马行空无所拘束。自由触不到边界，同时也不会觉得无依无靠，你尽可以沿着你视线所及的方向，一直望到让自己觉得渺小的远方,这样的渺小感觉其实不是卑微，你可以把整个宇宙装入你的视野，装入你的胸怀，尽管我们不能够完全理解宇宙的意义。其次的感受是深邃，在蓝色夜幕的包围里，想象我们置身的地球是和天上的星群一样的情景，各自沿着自己的轨迹运动，而映入视野的是漫天的璀璨。彼此相望，你会忽然觉得整个星空就是一个刚性结构的整体，每个星球之间的距离都是完美的设计，其中的意图、原理、韵律都远远超出人类能够想象的能力，而更让人不可思议的是，这样精确规则的运动已经持续了几十亿甚至一百多亿年，周而复始，循环不殆。

康德有一句名言，“有两种东西，我对它们的思考越是深刻和持久，它们在我心灵中唤起的惊奇和敬畏就会越来越历久弥新，一是我们头顶上浩瀚的星空，另一个是我们内心的道德准则。”这段后来被用作他墓志铭的话，既说到宇宙，又说到人，也就是天道、人性所蕴涵的深刻内容，人类几乎所有的社会活动都会从这两个维度展开，一是对宇宙运动规律的洞察、理解，一是对人性自身的思考、醒悟，两个方面，都是哲学所关注的核心内容。

本世纪最伟大的科学家霍金也提醒我们，记住要仰望星空，不要低头看脚下。无论生活如何艰难，请保持一颗好奇心。你总会找到自己的路和属于你的成功。

对于宇宙，霍金还说过这样的话：宇宙中的物质是由正能量组成的。宇宙、物质、能量，我们所应当有的不仅只是好奇，更为重要的是，那里有关于生命能量的秘密，以及与生命存在的千丝万缕的联接，这种秘密自从生命诞生以来一直和我们保持着近乎神秘的关系。宇宙影响着生命，生命的意志和能量也影响着宇宙。东方文明智慧的“天人合一”、“天人相应”、“息息相关”，以及最近量子科学所做的研究发现，生命是宇宙的一部分，生命的运动又是宇宙运动的全息写照。万物是一体的,生命和宇宙,只是局部和整体的关系,我中有你,你中有我,既相互吸引,又相互影响。

无论我们在哪个地方仰望星空，我们所看到的，都是发生在非常遥远时代的景象，距离我们最近的恒星系统是 4.22 光年，距离我们最近的星系约为 2.5 万光年，距离我们最远的星系是 130 亿光年；宇宙之深远已经远超出我们在地球上的经验认知，按照当前航天飞行最快的速度每小时 2.8 万公里计算，抵达最近恒星的飞行距离需要 3.9 万年,这个距离几乎就是人类发展的全部历程了。就是我们以光的速度，要抵达距离我们最远的星系，也要 130 亿年，这个时间几乎和“宇宙大爆炸”距离现在的时间相当，而且这个边界还在快速地膨胀。

相比起来，人只是整个宇宙中非常小的一个颗粒，是宇宙意义长卷中的一个标点符号而已。但在地球上，人却占有着越来越重要的地位，人类拥有绝对的主导权，对已知的世界进行主导控制，对未知的世界进行探索研究。

地球孕育了生命。地球在 46 亿年前宇宙大爆炸中诞生，到 36 亿年之前一直是一个滚烫的高温星体，当大气层形成后，地球才具备了生命生存的条件。 在地球生命演化进程中，恐龙起源于2.25亿年前，灭绝于6500万年前。恐龙在地球上生活长达1.6亿年，比人类在地球上的历史要长很多倍，人类真正作为地球的主宰者，才不到1万年的历史，如果把地球诞生至今的这段日子当成一年，虽然三月可能已经有微生物，但要到十一月的第三个星期最简单的鱼类才出现。恐龙从12月的13号出现，历时10天时间结束，而人类的时间只占据最后一分钟，只是我们所形容的眨眼般的功夫。

但就在这眨眼的功夫，人类发现了火并用于生活劳动，人类发明了语言、文字，并掌握了越来越先进的科技手段，可以让人类在地球上以至于在宇宙空间范围内，生存的更好，从而对所生存的环境带来越来越大的影响。

自第一次工业革命以来，由于人类的活动范围迅速扩大，对自然的索取越来越多，原始森林遭到肆意砍伐，水源遭到破坏。当前地球上物种灭绝的速度比自然灭绝速度快了大约1000倍，平均每小时就有一个物种灭绝，导致近数十年来，数以十亿计哺乳类动物、鸟类、爬行动物及两栖动物从地球上消失，而全世界人口的数量，却以每分钟 138 人、每年 7153 万人的速度快速增长。

同时，同是生活在地球上的人类，由于资源和权势范围的争夺，接连不断的战争造成无数地区的生灵涂炭，资源破坏，民众生活处于动荡和没有安全保障的状态，据史料统计，自有记载的 5560 年的人类历史上，共发生过大小战争 14650 次，平均每年 2.6 次，由战争导致的死亡人数约 40 亿。

由于个人的生命是有限的，而在有限的生命中人的活动也是有限的，一个人所积累的知识和经验也是有限的，所以人的认知和能力肯定是有限的，无论一个人如何地充满智慧和勤奋，他都不可能根据个人的认知预测和推算出未来三百年以后可能会发生的事情，更不用说一个人能够对人类社会发生影响的机会和时间，所以人类社会的发展由于人的更替导致规则的变化，总是出现各种反复进退，但人类之所以不同于其他动物，就是人类对于精神和思想上的追求，也就是这样的追求，才使得对宇宙和生命亘古不变的运动赋予了更为深刻、更为丰富的涵义。人类思考所形成的科学、技术、思想、精神、文化的总和，构成了人类进步的主要动力元素。

人类文明的每一次进步，都是让人类整体共有的人性需求得到更大程度的认可和尊重，也是人类的共同价值理念被重新审视、达成共识并一致践行的过程，人皆生而平等的理念，以及人类被赋予的基本权利，比如健康、安全、幸福、教育、自由、公正也愈来愈给予保障，民主、法制、环境保护的治理模式也愈来愈被人类各种组织所接受，作为生命个体，善良、宽容、尊重、合作、守信也愈来愈作为每个人成长的道德标准。

同时，人类文明的演进，也就是一个协同合作的网络不断扩大的过程，这个网络从家庭到社区，从社区到组织，从组织到民族，从民族到国家，从国家到整个世界。科学技术的发展，使得人类之间的相互沟通变得方便，智能终端的普及，让我们生活的地球变成了一个全联结的村庄，为人类文明的演进提升到一个全新的层次奠定了基础。

我们正在进入一个全联结的时代，同时也将会是一个智能化的时代，人工智能应用会很快得到广泛的普及。这个时代将不同于过去人类社会发展的任何一个时期，在这个时代，人类自己的智慧可以创造出和人类几乎有着同样智慧的“生命”，按照《圣经》“创世纪”的说法，人类智慧已经进化到神性的境界，也就是说，在这样的精神境界，人类的思想、行为，以及人类之间和合作协同也会呈现出一种全新的模式。

人类社会的进步，经济和物质的增长速度，远高于文化和精神方面的演进速度，工业化技术和信息化技术的结合，导致当前物质生产过剩，资源开发过度，人的消费欲望过剩。在这个消费过度的时代，被物质文明忽略并远远抛在后面的，是基于人类整体利益建立新的价值理念，和践行新价值理念的基础教育系统，以指导人类在物质和技术高速增长和变化时期的行为和合作。人类文明正等待着一场伟大的圆满，等待着她的精神和灵魂焕发出的纯美表现，彰显造物主创造生命所赋予人类的纯粹精神的高尚品质。

这个圆满是从人们对物质追求的审视开始，也就是说从人的内心改变开始，不需要外在的力量，更不需要流血牺牲，只是从价值理念上改变过去物质对于人心的影响和迷惑，彻底回到生命本身，获得生命本已富足的幸福财富。

远方有多远,取决于我们站在怎样的高度去瞻望远方;

远方有多远，取决于我们做出怎样的行为选择远方；远方有多远，取决于我们以什么样的速度迈向远方。

这是人类共同的世界，这是人类共同拥有的星空，人类共同生存的土地和江河湖海、山川、平原，当整个世界的人遵从同样的价值理念，遵从同样的行为准则，共同面对疾病、贫困，共同面对自然灾害，每个人都做一个健康快乐的人，并不由于自己的健康快乐而侵害别人的健康快乐，做一个正直无私的人，做一个担当负责的人，做一个善良并充满热爱的人，无论你的付出多大多小，我们的世界肯定是一个充满爱的和平的世界。

这个世界将不再有侵略和战争，不再有强势和霸凌，人类共同的使命是消除贫穷、疾病，保护人类生存环境，在尊重、合作、互惠的原则下健康幸福地生活。

这就是古往今来人们所向往的大同世界，是在科学技术水平、物质文明发展、人类精神文明演进共同作用的必然结果，是整个人类意志共同觉醒的必然结果。

远方有多远，她只在我们做出选择的闪念之间；远方有多远，她只在我们每一个人真正对于生命的关注；远方有多远，她只在我们把这个世界上所有的生命作为我们同类的担当；远方有多远，她在我们的思想意识和行动开始的距离；远方就在你我的心中，远方就在此时此刻，我们行动的脚下。

远方，人类的梦想在向我们走来，竹直花红，带着青春和激情澎湃的讯息，带着博大而从容的讯息，带着健康和快乐的微笑，在向我们走来。